カバー写真・武村　有
装本・倉本　修

詩集　本当の話

ワンルームマンション

私の家の隣りに小さなワンルームマンションが建った
独身者や単身赴任者が利用するんだろうな
気がつくと
私の部屋の真向いに
そのマンションの一室の小窓ができていた
夜更けになると細く開いたその小窓から
チャポチャポいう湯音や

押し殺したような男女の話し声や笑い声が聞こえてくる
ワンルームマンションだもんな
独身者や単身赴任者の棲家だもんな
文句は言えない
住人と顔をあわせた事なんて一度もないのに
その湯音や話し声笑い声を知っているというだけで
何だかとても親しい間柄になったような気がしてくるから
不思議

あらコンニチハその後いかが　なんてね

隣りの古びた一軒家にこんな変なオバサンが住んでるなんて
誰も知らないだろう
ワンルームマンションに住む時は

浴室の小窓ひとつの開け閉めにも気をつけた方がいい
そこから大事な秘密がもれてゆく
知ってるのよ私　ウッフフフ……
なんて事にならないうちに
窓は閉めて
早く
ねっ

掃除嫌い

何が嫌だといって掃除ほど嫌なものはない
掃除機をかけるのは月一度
雑布がけは季節に一度がいいとこか
おかげで部屋の中はいつも
ゴミ　チリ　カビ　でいっぱいだ
どうせ独り暮しだから文句を言う人はいないが
万がいち人が訪ねてきたらどう思うだろう

こんな私が言うのも何だが
掃除の行き届いた部屋というのは
いつ誰が訪ねてきても気持ちのよいものだ

よって一念発起今日一日を掃除の日とする
まずは掃除機をかけるところから始めたが
充電式の我家の掃除機はアッという間に己の電力を使い果たし
充電　掃除　充電　掃除……　をくり返しているうちに
コードにまかれ眼がまわり
その場にへたりこんでしまった
それならばと今度は風呂場の掃除にかかったが
カビ取りスプレーを壁に吹きつけているうちに
薬剤アレルギーをおこし
ゼーゼー　ヒューヒュー　呼吸困難

ほうほうの態で風呂場から這い出した
それならばと今度は窓拭きにかかったが
窓を拭こうと上半身を大きく外にのり出した時
やってきた性悪カラスに頭をつつかれ
ギャッと叫んだ瞬間バランスを崩し
二階の窓から地上に転落
救急車がやってきて大騒ぎ
よって私は今病院のベッドの上にいる

強迫観念にかられて慣れない事をすると
こんなめにあうという見本のような一日だった
掃除はすべて途中で投げだしてきたから
部屋は惨憺たる状態だろうが
ゴミ　チリ　カビよ　こんにちはだ

いつ誰が訪ねて来ようがこれでいい
慣れない事をするのはもうやめた

その代わりいつ誰が訪ねて来ても一目でわかるように
私は掃除嫌いなんです　と
表札の横にしっかりと貼り紙をしておいた

提案

思うのだが
この部屋をまっぷたつに割ってみるというのはどうだろうか
こっちは私そっちはあなた
洗濯機がそっちにいったのなら
私は毎日コインランドリーに通う
冷蔵庫がこっちに残ったのなら
あなたは毎日コンビニに通う

押し入れはそっちで箪笥はこっち
テーブルはこっちで椅子はそっち
扉はこっちに残ったけど窓はそっちにいってしまった
だから扉を失くしたあなたには悪いけど
部屋の出入りは窓からしてね
三階だからきっと梯子がいるわ
近所の人が変に思って
おまわりさんを連れてくるといけないから
その時の言い訳くらいはちゃんと考えておいた方がいい

引き換えに
窓を失くした私の部屋には陽が射さない
昼なお暗い部屋の片隅で
私は栄養失調の海草のようにユラユラゆれながら生きてゆく

窓を返してなんて私は言わない
自分の窓は自分でつくるから
あなたの扉はあなたがつくって

一緒に棲んでいるうちに
お互い身の置き所を失くしてしまった
あなたは毎日泥棒のように梯子を窓にかけ
私は栄養失調の海草のようにユラユラゆれながら生きてゆく
なかなかなものだと思うのだが
どうだろう

この部屋をまっぷたつに割ってみるというのは

取り立て屋

なぁ奥さん
奥さんみたいな人がそんな事言うたらあきませんわ
そら確かに借金したんは奥さんやのうて御主人の方や
そやけど
ひとつ屋根の下に一緒に住んどって
そんなお金と私は関係ありませんて
そんな理屈世間が許してもわしらには通用しませんな

家のローンは誰が払てましたん
三度の飯代はどっから出てましたん
一緒になってそのお金使てたんとちゃいますの
家庭内離婚かなんかよう知らんけど
法律では奥さんと御主人は今もれっきとした夫婦でっせ
いくら赤の他人やみたいな顔しても
わしらは騙されませんで
なんにも今ここで百万円耳揃えて返せ言うてるんとちゃいます
せめて利息分だけでもええから返してんかて
そない言うてますねん
小さな事からコツコツと
西川きよしかてそない言うてますやろ
奥さん
結婚いうもんをなめとったらえらい目ェにあいまっせ

イヤ実際こうしてえらい目ェにおうてはりますわな
教えといたるわ
そんなに嫌やったら
家庭内離婚なんて子供染みた真似やめて
きれいさっぱりさっさと別れてしまいなはれ
命がけで別れてしまいなはれ
そうせん限り
わしら毎日でもこうして御主人の借金の取り立てに来まっせ

家庭口論

まったく俺の女房ときたら器量は半人前のくせして
物欲食欲性欲だけは人並以上ときている
掃除洗濯炊事はまるでだめ
家に居る時の俺の食事は三食カップラーメンひとつだ
この間その事に文句を言ったら
つぎの日からタクアン二切がついてきた
人を馬鹿にするのもいい加減にしろ

俺の稼ぎにぶらさがって生きているだけのくせして
実家のくだらない自慢話しには余念がない
しかしそれでも俺はがまんした
三年もがまんしたが
もう限界だ
このままでは俺の人生は粉々になる
だが離婚などと言いだして
あいつがハイと頷くわけがない
ある事ない事言いたてて
とんでもない慰謝料をふっかけてくるだろう
俺は一生祟られるのだ
こうなったら究極の手段だが
あいつをこの世から抹殺するしか他に方法はない
あの硬く筋張った首を締めて殺すのだ

まったく私の亭主ときたら稼ぎは半人前のくせして
物欲食欲性欲だけは人並以上ときている
尊大で空気の読めない裸の王様
女は黙って飯を作ってろと言うのなら
せめて労りの言葉のひとつでもかけたらどうなの
私の事なんて女中くらいにしか思っていないくせに
夜になると突然すり寄ってくる
思い出しただけでもゾッとする
でもそれでも私はがまんした
三年もがまんしたけど
もう限界だわ
だけど離婚だなんて言いだして
あの人がハイと頷くわけがない

自分には非がないと主張して一歩も譲らないだろう
調停　訴訟　なんて事になったらいい恥さらしだわ
プライバシーなんてあったもんじゃない
こうなったら究極の手段だけど
あの人をこの世から抹殺するしか他に方法はない
あの醜くたるんだ背中を突き落してやるのだ

晩秋のある日二人はレンタカーを借りてドライブに出かけた
紅葉を見に××渓谷へ行こうと言いだしたのは
二人同時だった
いつもならお互いの言葉には耳を貸さないのだが
この時ばかりは二人の思惑が一致した
色鮮やかな渓谷の中を
二人の思惑をのせて車はどんどん進んでゆく

絞め殺されるのが先か突き落されるのが先か
家庭口論はとどまるところを知らず
色鮮やかな渓谷の中をどこまでも進んでゆく

＊タイトルは、井上ひさし氏の長編エッセイ「家庭口論」よりお借りしました。

死体

人を殺してみて初めてわかったのだが
一番肝心なのは殺した後死体をどう始末するかという事だ
殺人現場は近くの藻川の川べりだった
雑草が深く生い繁り高い土手と壊れかけた橋に囲まれて
そこだけが死角になっている
昼間でも人通りは殆どないし
人を殺すにはうってつけの場所だ

夜半になって慎重にことに及んだのだが
何故なのか
昼間はあんなに寂しい場所なのに
夜になると色んな人が出没してくる
土手を走る夜のジョギング愛好家
一人こっそり釣り糸を垂れる夜釣り愛好家
隠れてイチャつきたい恋人同士
昼夜逆転のひきこもり族
何なんだこれは　私は慌てた
私の足元には死体が転がっている
まだ温かい死体が転がっている
早く何とかしなければみつかってしまう

そうだここは川べりだ

このまま転がして藻川に放りこめば
死体はいずれ大阪湾の海の藻屑になるはず
狭い土手をジョギングする人の足音が近づいてくる
夜釣りをする人の竿がシュッシュッとしなる
エッチに夢中な恋人同士もいずれ我に返り
ひきこもり族はコンビニの袋を提げて戻ってくる
急がねば……
しかし何度蹴っても死体はびくともしない
そう簡単に転がってはくれないのだ
死体がこんなに重いものだとは知らなかった
汗まみれになり息をきらしながら
それでも何度も死体を蹴りつづけていたら
突然パッと明るいライトがこちらを照らした

人を殺してみて初めてわかったのだが
一番肝心なのは殺害方法より逃走手段より
いかに迅速に死体を始末するかという事
そこをキッチリおさえておかない限り
殺人は成功したとは言えないだろう

パトロール中の巡査が二人私に近づいてくる
——そこで何をしているんだ
懐中電灯のライトが
足元に死体を従えた私の姿を明るく映しだす
死体の始末に行き詰ってどうにもならなくなった私の姿を
あますところなく鮮明に映しだす

放火

黒装束に身を固め夜中にこっそり家を出る
持ち物は
使い捨てライターに古新聞ペットボトルに詰めた灯油
住所は調べた
下見もちゃんとすませた
そうなればこうして
こうなればああして

段取りもしっかり考えてある
私は縁もゆかりもない他人の家に火をつけたりなんかしない
確かな恨み辛みがあってこそ
私は執念深い
誰が忘れたとしても私は忘れない
その言葉
その人のその言葉
その時のその人のその言葉

庭先に置いてある大きなゴミ箱
そこに灯油を染みこませた新聞紙に火をつけて放りこむ
火は一気に燃えあがり
外壁をつたってその人の部屋の中に入りこんでゆく

熱くて眼が覚め
苦しくて息もできない
これで気づくだろうか
やっと気づくだろうか

さまざまな言葉の軋轢に対する
これが私の返礼だ

獣医師法違反

獣医になりたいという積年の思いのあまり
免許資格もないのに
桐野獣医科病院というニセ看板をあげてしまった
用意周到に数日前から近所にチラシを配り
道ゆく犬猫にも声をかけておいた
昔ペットクリニックで見習いをしていた経験があり
その時のみようみまねと独学で開業したが

何が幸いしたのか
折からのペットブームも追い風となり
腕もよければ愛想もいい
おまけに料金も格安だと評判になり
気がつくと
近所で噂の獣医師になっていた

治療は独創的で画期的
やってきた飼い主はみんな眼を丸くするが
犬猫はみんな元気になって帰ってゆくのだから
何の問題もない
すぐにバレるかと思っていたニセ獣医師だが
これがなかなかバレない
思った以上にチョロイのだ

眼の前で列をなす犬猫をみるにつけ
ここで看板を降ろすわけにはいかないと思う
予防接種に避妊手術　寄生虫退治に結石治療　歯石除去
今日も大繁盛の大忙し
近くの獣医師たちの妬み嫉みは相当なもので
並んでいる犬猫を平気で攫《さら》う獣医師まで出てくる始末

ニセ獣医師　川崎市麻生区王禅寺で荒稼ぎ
こんなニュースが流れたらそれは私の事だと思ってほしい
積年の思いを叶えているのだ
どう転ぼうと後悔の念なんてこれっぽっちもない
どうか本物の獣医師諸君
並んでいる犬猫を横から攫《さら》うような

そんな恥ずかしい真似だけはしないでほしい

初台から

初台で電車を降りたら地上に出て
そこで車を待て
車はシルバーグレーのアルファロメオ
目立つイタ車だからすぐわかる
眼の前に車が止まったら誰にも悟られぬよう
そっと助手席に乗りこめ
行き先は郊外の閑静な住宅地

おまけに着くのは夜中になるから
降りる時は乗る時以上にそっと行動せよ
眼の前に古ぼけた螺旋階段が現われてくる
それを三階まで昇ったら
廊下のどん突きの部屋に入れ
ノックもチャイムもいらない
心配するな鍵はちゃんと開けてある
そしてそこで待つのだ
俺を待つのだ
退屈しないよう本はどっさり置いてある
好きな音楽はいつでも聴けるよう準備してある
冷蔵庫の中のものは何を食べてもいいが
窓には近寄るなカーテンは開けるな
誰かに悟られると困った事になるから

そこに行くまで何日、何ヶ月、何年、かかるかわからないが
俺は行く
何があっても必ず行く
だからいいか信じて待つのだ
どちらかが先に死んでしまう事になるかもしれない
もう二度と会えないのだとお互いがどこかで悟ったとしても
お前はそこで待て
時間は忘れろ
忘れるしかない出会いだ
いいか
屍となっても俺を待て
屍となっても
俺は必ずお前に会いに行くから

女ストーカー

思えば今年はさんざんな一年だった
男に踏まれ蹴られ騙され
おかげで食事も喉を通らず仕事も手につかず
安アパートの狭い台所で毎日薄いみそ汁だけを啜っていた
貯金も底をつきもうだめかと思ったその矢先に
隣の部屋に独りものの男が越してきた
今時めずらしく引っ越し挨拶に来るような律義な男

狭い台所から窶《やつ》れた顔をヌッと出した私に嫌な顔もせず
ワタナベです　と名乗って洗剤ひとつ置いていった
いい男だ
気に入った

食事も喉を通らず仕事も手につかない私だったが
ワタナベさんが隣に越してきてからというもの
ワタナベさんの気をひくためなら何でもやってやろうという
使命感のようなものがフツフツと湧いてきた
お近づきのしるしにと
ワタナベさんの年齢、出身地、職業、趣味、を聞きだした
そうして色んな事がわかってくるうちに
私の食欲はみるみる回復し
仕事もどんどん捗るようになってきた

ワタナベさんの一挙手一投足が私を励まし
その一言一句が私を鼓舞しているようだ

お食事御一緒しませんか　勿論私の驕りです
これ旅先のおみやげです　遠慮せず受け取って下さい
これ私の手編みのマフラー　似合うかしら
今度お部屋にお邪魔してもいいかしら……

近頃ワタナベさんは何だか浮かない顔をしている
何か悩み事でもあるのかしら
でも大丈夫ワタナベさんには私がついている
私はあなたのなくてはならない人
あなたは私のなくてはならない人
あなたのいない人生なんてもう考えられない

私のこの一途な思いのどこがいけないんだろう
ワタナベさん眼を醒まして
これは私とあなたの二人だけの問題
他人が口を挟む事じゃないわ
みんなあっちに行って
私はどこまでも
地獄の一丁目までもあなたを追いかけてゆくから
覚悟してね

盗癖

コンドーさんとこの奥さん　スーパーで万引きしたて知ってはりますか　何を万引きしたかて　特売の198円のマヨネーズ一本でっせ　他のローストビーフやらキングサーモンやら　値の張るもんにはちゃんとお金払うてはるのに　198円は払わんかったんやて　奥さんスーパーの保安室みたいなとこに連れて行かれて懇々と説教されたらしいけど　なんせ198円でっしゃろ　お金さ

え払うたら家庭もある事やし　今回は見逃すいう事でまあ何とか家に帰してもうたいうわけですわ　そやけど実を言うとな　あの奥さんの万引きこれが初めてとちゃいますねん　10代の頃から化粧品やら文房具やら　もう数えきれんくらい万引きやってはります　これまで一度も表沙汰にならんかったいうんが不思議なくらいですわ
お金がないわけでもないやろにな……

えぇーほんまですか　人はみかけによらんもんですな
今回は見逃してもうたからええようなもんの　常習やてわかったら警察行きでっせ　家族にもバレるやろし　はよ何とかせなえらい事になりまっせ

ようわかってます

私かてこうみえて色々考えてます
医者にも頼ってみたし薬や民間療法にも頼ってみました
そやけどあきません
みんなその場凌ぎの虚仮おどしでしたわ
究極の方法として指を切断するのはどうかて
そんな無茶な話もありました
盗癖いうやっかいなもん抱えてますけど
この指なかったら
頭掻けません御飯食べられません字ィ書けません
そしたら手紙も詩ィも書けません
この難儀でやっかいな指があればこそ
私は何とか生きていけますねん
頭に浮んだ事　心にひっかかった事
あれなんや　これなんや

ちょっと鉛筆借してその紙とって
警察沙汰もかなわんけど
そやから言うて指切断するなんて
そんな無茶な話聞いた事ありませんわ

あれなんや　これなんや
今日も私の指は忙しのう動きます
その合間に今日は歯ブラシ一本失敬してしもた
今度みつかったら
ゴメン　カンニン　ではもうすまん
指5本揃えて出せ言われたらどないしょ
字ィ書けんようになったら
私はもう
お終いやわ

本当の話

うなぎは私の大好物
毎日一度は食べていたいところだがうなぎは値が張る
うちの近くのスーパーで売っているうなぎは
一尾一九八〇円
しかしこれは養殖ものの値段で
これが天然ものになると
一尾三二〇〇円にはねあがる
そんなもの毎日買ってられますか

家計の収支バランスを考えると
養殖ものでがまんするしかないが
それだって毎日というわけにはいかず
十日に一度がせいぜいというところ

以前浜松で母方の叔父がうなぎ屋を営んでいた
この叔父は
自分で捌いて調理したうなぎを
その匂いに誘われつまみ食いをくり返しているうち
気がつくと箍《たが》が外れたようなうなぎ食いになってしまっていた
心配した家族に連れていかれた病院で
うなぎ依存症と診断され
即入院という事になってしまった

アルコール依存症　薬物依存症　ギャンブル依存症
……うなぎ依存症
なににしろ依存症から脱け出すのは大変です
入院している間はいいんですが
もう大丈夫だろうと思って世間に返すと
たちまち元の木阿弥
自分で捌いて調理をするようになると
つまり実物を眼の前にして匂いを嗅ぐようになると
もうだめです
うなぎに走ってしまいます
そうなるとどうにもこうにも手のつけようがありません
今はまだ十日に一度がせいぜいのうなぎだが
食べた時のあの高揚感だけは何にも換え難い

養殖ものでこうなんだから
天然ものを口にしたらいったいどういう事になるのか
なにしろ叔父の血が流れていますからね
稼ぎを全部そこにブチこんでうなぎに溺れる
うなぎに縋る
うなぎくらいと思っているととり返しのつかない事になる
うなぎ依存症はこわい
恐ろしい病気だ

作り話のように聞こえるかもしれないが
これは正真正銘本当の話だ
その証拠に浜松の叔父は今も入院したまま
その禁断症状に
とても苦しんでいる

吉野山

山と海でいうなら断然山がいい
それも剣や槍といった物騒な名前がついた高山ではなく
都市近郊の低山志向
このあたりでいうなら歴史の懐深い吉野山がいい
誰もが知っているだろう
敗走する義経一行が身を隠し
足利尊氏に敗れ京を追われた後醍醐天皇が南朝をうち立てた所

山中に入って見てみれば
朽木倒木草木深し
無念ぞ深し

いい齢をして口の減らない女だと言われた
言ってくれるじゃないの
いいわそれならこの口減らしてみせてやると
吉野山に独り移り住む計画をたてた
親、兄弟、友、もいない寂しい山中なら
口は減るどころか限りなくゼロに近くなるだろう
最寄りの私鉄駅までは車で20分足らず
日用品、食料、医療、はそこで何とか賄えるが
肝心な運転免許が今の私にはない
吉野山で独り暮すには必須の運転免許

いいわそれなら今から免許をとってやろうと
数日前から教習所に通い始めている
近頃の教習所の教官はソフトで親切だと聞いていたが
なんのなんの
私にあてられた教官は短気で無愛想
何を訊いてもまともに答えてくれない
それどころか何が気に入らなかったのか
練習コースを走行中の今日私にむかって
堪忍袋の緒が切れたとばかりに大声で
いい齢をして口の減らない女だと言い放った

歴史の懐深い吉野山に抱れ独り暮せば
私のこの口も減るに違いないと思い立てた吉野山移住計画だったが
出鼻を挫かれてしまった

世の中はそう甘くはないのだ

吉野山
朽木倒木草木深し
無念ぞ深し
以来私の口はますます熱気を帯びて熱く
いい歳をして
もうどうにも止まらないのだった

甲斐荘《かいのしょう》楠音《ただおと》

青いトビ魚模様の着物を着て
市川右太衛門が旗本退屈男の中で大立廻りを演じている
市川右太衛門って
ソフトバンクのＴＶコマーシャルで犬の声を演じている北大路欣也のお父さん
旗本退屈男って
一九三〇年に始まり一九六三年までシリーズ化された
東映の超人気時代劇映画

令和の時代に知っている人は少ないだろう

白い波間を鰭を精いっぱい広げて飛び交うトビ魚の群
この躍動感は水中で泳いでいるだけの鯛や鰹や
いやいや鮪でもとても表わす事はできませんと
この着物を考案した甲斐荘楠音は言ったのだろうか
女装を好み自分の描いた絵を穢い絵と酷評され
憤慨していた楠音は
観客を虜にして離さない旗本退屈男のためにも
ありきたりな衣装はやめにして
ここはトビ魚模様でいきましょう　トビ魚で

京都は暑いそのくせ寒い
その京都太秦にある東映京都撮影所に

市川右太衛門が旗本退屈男の映画の中で着用した豪華衣装が多数現存している事
が確認された
青いトビ魚模様の着物もその中の一枚
燃えそうに暑い京都で燃えもせず
氷つきそうに寒い京都で氷つきもせず
今　京都国立近代美術館で
「甲斐荘楠音の全貌」の一環として展示されている

みんなが夢中になってみていた旗本退屈男だが
右太衛門のあの衣装よかったねぇー
なんて言うおとなは私の周りに一人もいなかった
でも　それでも楠音は拘った
譲らなかった
青いトビ魚模様の着物のために汗を流した

ただ泳いでいるだけでは駄目なんです
一人海の上で飛び跳ねてみせる勇気が必要なんです
暑くて寒い京都のどこかで
甲斐荘楠音はそう力説していたのだろうか

＊京都国立近代美術館「甲斐性楠音の全貌」パンフレットより参照あり

玉の輿

母は忌の際に私に
玉の輿にのれと
そう言い遺してあの世へいった
母親が娘に遺す最期の言葉が玉の輿にのれだなんて
他人が聞いたらどう思うだろう
そう言えば母は生前
これが玉の輿にのる秘訣だよと言って

何やら書いた紙を私に寄越した事があった
バカバカしい
そんなものがあるのなら
自分が玉の輿にのればよかったものを
最後までそれができなかったのだから
秘訣だなんて笑わせる

母にとって玉の輿は
まさに
夢、幻、の如くだったのだろう
あの人はのれたのに私はのれなかった
何故　どうして……
運不運　みため　教養
それとも持って生まれた血筋かなにか

どうしても納得がいかないからと
忌の際に娘の私に答えを求めた
いいわ最期だから教えてあげる
運も悪けりゃみための悪い教養のかけらもなければ
血筋なんて母娘二代で完結してる
疑問なんて入りこむ余地はどこにもない

叶わない夢、幻、ほど人を苦しめるものはない
母は最期まで苦しんだ
何故　どうして……
その疑問に苦しんだ

玉の輿にのれ

夢の中ででも
幻の中ででも
玉の輿にのれ
それが娘に遺した
あなたの最期の言葉

遠い散歩

ちょっと散歩に行ってくると言い残して家を出たまま
あなたは帰らない
近所の人に訊いてみても
そう言えば近頃みかけないわねと言うばかり
町内の掲示板に
こんな人をみかけませんでしたかと
貼り紙をしてみたけれど

誰も何も言ってこない

いったいどこへ行ったのだろう

もしかしたらと思い
墓参りに行った際
墓石をずらして中を覗いてみたけれど
あるのは砕け散った知らない人の骨ばかりで
やっぱりあなたはいなかった
どこにもいなかった

無駄かもしれないけれど
ここに散歩に出かけた時のあなたのいでたちを記しておく
グレーのズボンにグレーの半コート

茶色の短靴にダンダラ模様の安価なマフラー
長身痩軀　白髪　めがね　偏平足

誰かみかけた人はいませんか
いったいどこへ行ったのか
今日もあなたは帰らない
誰も何も言ってこない

あなたは遠い

体毛

毛がね毛が抜けてゆくの
頭髪が眉毛が腋毛が陰毛が
そのせいで印象がね
私の印象がどんどんうすくなってゆくの
昔はこうではなかった
跳ねる毛が恥ずかしくて
切ったり抜いたり剃ったり

毎日とても忙がしかった
頭はボウボウ眉はゲジゲジ
腋毛陰毛は隙あらば外へはみ出そうと
その時を狙っていたのに
それが
それが今ではどうだろう
毛は何もしなくても勝手にどんどん抜けてゆく

こんな日がくるなんて思ってもみなかった
毛なんて
切っても抜いても剃っても
黒々とその息を吹き返してくるものだと思っていたのに
違った
日一日と

うすれてゆく
私のこの印象

毛がね毛が抜けてゆくの
日一日と
刻一刻と
誰にも止められない
毛が全部抜けたら最後
溶けて流れて私は消えてゆく

不眠

ゾルピデム5㎎1錠を服んで床に入った
午後11時30分　しかし眠れない
直前までみていた
マット・ディモンやアンジェリーナ・ジョリーが出る
「グッド・シェパード」という映画のせいか
暗くて複雑に入り組んだストーリー
見終って

で、結局どういう事なの
そんな疑問が頭の中でグルグル巡っている
時計をみると午前1時　だめだこりゃ
部屋の明りをつけトイレに行き
仕切りなおしとばかりに手近にあった本を手に取ったが
タイトルをみると
「未解決事件19の謎」
こんな本読んだら余計に眠れなくなると思いつつ
頁をあけてしまった
リンドバーグの幼児誘拐事件
ルドルフ・ヘスの謎
連続殺人鬼ゾディアック……
かなり前に読んだ事のある本だが再読

時計をみると午前3時　よし眠るぞっ！
頭からフトンをかぶり
上をむいたり横をむいたり膝を立てたり伸ばしたり
最初は1・2・3……　と数を数えていたが
気がつくと
頭の中で詩の端緒がどこかにないか探している
空が明るんできて
カラスの啼き声がきこえてくる
時計をみると午前4時30分
こうなりゃ起きてるしかないが
仕事を辞めてからというもの毎日何もする事がなくて
退屈　怠惰　な日々を送っている
調子が崩れているのはよくわかっているが
昼夜逆転はごめんだ

カラスがカァーカァー啼いている
オハヨウ　ミナサン
午前6時
今夜はちゃんと眠れるだろうか
本当に
困ったもんだ

諸般の事情

つい最近まで私の部屋に本物の人間の髑髏があった　薄
気味悪いと言う人もいるだろうが　私はそれを押し入れ
の隅に隠したり床下の暗がりに放りこんだりせず　部屋
に置いてある家具の一番よく見えるところにインテリア
のようにして飾っていた
20数年前　懇意にしていた某大病院の検査部技師長だっ
た方から頂いたものだが　その髑髏には何か謂れがある

らしく　毛筆で認められた短い理書きのようなものがその時一緒についてきた
以下はその理書きの全文である
「此ハ予ノ秘花
スルモノ　今回娚○○○
二○ノ成業ヲ祝シ贈呈ス
　　昭和九年六月　進藤　隆○○」
○の部分は年月を経て文字が掠れ判読不能となった箇所である　これを書いた進藤某という人は当時医学校で教鞭をとるような優秀な医者で　これを贈られた娚（甥）の某も同じく医者であったという事はわかっているのだが　肝心のこの骨がどこの誰のもので秘花と呼ばれるに至った経緯など　詳しい事は何もきかされていない　何も知らないまま私はそれを特に詮索しようともせず　20

数年ずっと当り前のようにして眺めてきたわけだが　今回諸般の事情によりこの髑髏を手放す事に決めた
しかし　手放すと言っても宝石や骨董の類ではない　本物の人間の骨である　ネットオークションに出すわけにもいかず故買屋に持ちこむ伝手もなく　大学の医学部や「日本骨格研究所」（そんなところが本当にあるのかどうかよく知らないが）のようなところに寄贈するのはどうかなど　あれこれ頭を絞って考えたのだが　結局実現可能な案というのはひとつも思い浮ばなかった　おまけに友人からは　それはまず警察に届け出るのがスジだろうと言われ少々へこんでいた　もちろん欲しいなどと言う人は私の周囲に一人もいなかった
そんな時である　職場（病院）に出入りしている葬儀屋の姿が眼に止まった　思えば身元不明の遺体というのは

私の職場では結構ある　そんな遺体もどんな遺体も焼けばみんな同じ骨になる　そこに他人の骨のひとつやふたつこっそり忍ばせたところで誰に何の不都合があるだろう　そうだ葬儀屋に頼めばいいんだ

昭和九年　進藤某に秘花とまで言われ　その後の90年近くを人から人の手に渡りながらも　何とかこの地上で持ちこたえてきたものを　私の手で土中に追いやってしまうというのは何とも後味の悪いものである　せめてその謂れくらいは探ってみるのが　最後に所有した者の道理というものだろうが　私はそれさえできなかった　骨もそろそろ土中に還りたかったのだと　そう自分に言い訳してみたりもしたが　そのうち何か祟りがあるんじゃないかと　正直今もビクついている

死体は焼けばみんな骨になる
骨は時には誰かの秘花となる
秘花は諸般の事情により私の手で土中深くの肥しとなる

大阪バスガイド

みなさま本日は当観光バスを御利用下さいまして
誠にありがとうございます
短い時間ではございますが精一杯務めさせて頂きますので
どうかよろしくお願いいたします

みなさままずは右手を御覧下さい
あれが大阪のシンボルタワー通天閣でございます

この界隈は日本でも有数のドヤ街となっておりまして
もう少し南に下りますと
路上生活者の姿が多く眼について参ります
冬の凍死　夏の熱中死
また季節を問わずの変死は
このあたりでは日常茶飯事となっております
身ひとつで生きてきた者の当然の報いと申せましょうが
案外本人たちは極楽往生を決めこんでいるやもしれません
数年前よりこの一画は
官民一体となっての再開発が進み
あの星野リゾートがこの地にホテルを建てました時は
その商魂の逞しさに
地元住民一同唖然としたものでございます

みなさま次に左手を御覧下さい
ここがあのグリコの看板で有名な道頓堀でございます
この橋は戎橋　通称ひっかけ橋と申しまして
男が女をひっかける女が男をひっかける
大阪のナンパのメッカとなっております
老若男女時間制限なし
ここで誕生したカップルは数知れず
そのまま夜のホテル街へと紛れてゆくのでございます
何と不謹慎なと言われればそれまででございますが
近頃の出会い系サイトでの男女の惨状を思いますと
よほど健康的解放的かと存じます
みなさまもお一人でお寂しい時など
一度この橋に佇んでみられてはいかがでございましょうか
きっとお似合いの相手がみつかる事と存じます

さてみなさま最後になりましたが正面を御覧下さい
あれが天下の名城大阪城でございます
言わずとしれた太閤秀吉の居城
難攻不落と思われた城でございますが
冬の陣夏の陣と徳川に責めたてられ
泣く泣く堀を埋めさせられ
挙句に大砲を何発も射ちこまれ遂に落城
淀君　秀頼公　の終焉の地とあいなりました
用意周到な徳川に対し
どこか間の抜けた豊臣
あっぱれ徳川　あわれ豊臣
思いますに
大阪人の東京に対するコンプレックス猜疑心というのは

この時を境に芽生えたものではないかと推察する次第でございます

大阪にはまだまだ見ごたえのある所が多々ございますが
本日のツアーはこれにて終了です
みなさま楽しんでいただけましたでしょうか
またの御利用を当社一同心よりお待ちいたしております

嘘つき女の言い分

私は嘘をつくのがうまい
窮地から脱するため乾坤一擲の思いでついた嘘もあれば
何のためについたのかよくわからない嘘までさまざまだが
私の嘘を見抜く人はなかなかいない
泣いても嘘なら怒っても嘘笑っても嘘
嘘つきは泥棒の始まりとはよく言うが
私は泥棒にもならず

こうして正直者の人たちと一緒に仲良く暮している
嘘つきを不当に脅すのはやめてほしい
何ならこう言い返す事だってできる
正直は怠惰の始まり　なんてね
他人をだし抜くためではない
自分が生き抜くためにつく嘘
心なんて少しも痛まない
後悔なんてしていたらとてもこの世に間にあわない

あと書き

過日、友人四人で旅行に行った際、夜中に私が何か寝言を言ったらしく、それを聞いていた友人に、（発狂してましたよ）と言われうろたえてしまった。私は一体何を言ったのだろうか。私も他人の寝言を聞いた事があるが、ひとつひとつの言葉は妙にはっきりしているのに、前後の脈絡が全くない意味不明なものだった。私の寝言もその類いのものだとは思うのだが、友人に（私何を言ってた？）と問い返す事ができなかった。何かとんでもないマズイ事を言っていたらどうしよう、という思いが湧いてきて、言葉が出なかったのである。その後は、平静を装いながら旅を終えるのが精一杯で、結局寝言の事は一言も訊く事ができなかった。

旅というのは一人でするものだと思っていて、ずっとそれを通してきたのだが、ものは試し、たまにはワイワイガヤガヤもいいかと出かけた旅先での出来事だった。まさか、自分が寝言を言おうとは思ってもみなかったが、何しろ無意識の世界の事である。魑魅魍魎、百鬼夜行。それらが、言葉となってワッと表に出てくるのだから、考えたら空恐ろしい。

詩とは何の関係もない事だが、ずっと気になっていたので、思わず知らずのうちにここに書いてしまった。あと書きとは言えないあと書きである。

ともあれ、こうして詩集を出す事ができて、本当に嬉しい。体力、気力、の変化を道連れに、その時々のベストと思える詩が書けたなら、それでいいと思っている。あれこれ寄り道の多い私だが、こうして何とかあと書きまで辿りつく事ができてホッとしている。

二〇二三年六月三〇日

桐野かおる

既刊詩集

『闖入者』　一九八八年（潮流出版社）
『パラドックス』　一九八九年（　〃　）
『タブー』　一九九一年（　〃　）
『籠城』　一九九三年（　〃　）
『夜』　一九九五年（　〃　）
『他人の眠り』　一九九九年（　〃　）
『思う壺』　二〇〇二年（　〃　）
『桐野かおる詩集』　二〇〇三年（文芸社）
『私の広尾』　二〇〇八年（砂子屋書房）
『嘘八百』　二〇一三年（　〃　）
『他言無用』　二〇一五年（　〃　）
『盗人』　二〇二〇年（　〃　）

詩集　本当の話

二〇二三年九月一日初版発行

著　者　桐野かおる
兵庫県尼崎市東園田町二―八九―一〇―三〇三（〒六六一―〇九五三）

発行者　田村雅之

発行所　砂子屋書房
東京都千代田区内神田三―四―七（〒一〇一―〇〇四七）
電話〇三―三二五六―四七〇八　振替〇〇一三〇―二―九七六三一
URL http://www.sunagoya.com

組　版　はあどわあく

印　刷　長野印刷商工株式会社

製　本　渋谷文泉閣